Nadine Descheneaux

CHUT ! J'AI TRICHÉ !

Catalogage avant publication de Bibliothèque et Archives nationales du Québec et Bibliothèque et Archives Canada

Descheneaux, Nadine, 1977-

Chut ! j'ai triché!

(Biblio-boom ; 8. Aventure)
Pour les jeunes de 10 ans et plus.

ISBN 978-2-89595-374-6

I. Wilkins, Sophie. II. Titre. III. Collection: Biblio-boom ; 8.
IV. Collection : Biblio-boom. Aventure.

PS8607.E757C58 2009 jC843'.6 C2008-942632-0
PS9607.E757C58 2009

Auteure : Nadine Descheneaux
Illustratrice : Sophie Wilkins
Graphisme : Julie Deschênes et Geneviève Guénette

Dépôt légal — Bibliothèque et Archives nationales du Québec, 1er trimestre 2009

ISBN 978-2-89595-374-6

Gouvernement du Québec — Programme de crédit d'impôt pour l'édition de livres — Gestion SODEC

Boomerang éditeur jeunesse remercie la SODEC pour l'aideaccordée à son programme éditorial.

Nous reconnaissons l'aide financière du gouvernement du Canada par l'entremise du Programme d'aide au développement de l'industrie de l'édition (PADIÉ) pour nos activités d'édition.

ASSOCIATION NATIONALE DES ÉDITEURS DE LIVRES

Imprimé au Canada

À Éric, Adèle et Hubert

TABLE DES MATIÈRES

CHAPITRE 1
DES TRUCS DE TRICHE

J'ai fait semblant (c'est une autre qualité des filous !) de prendre une douche, alors que je me préparais à ma grande triche.

Antonin : Je suis un pro. Un pro de la triche. Je gagne toujours. Toujours. J'aime gagner, ce n'est pas ma faute. J'aime être le premier, le meilleur, le numéro un, le plus intelligent, l'as, la vedette et le gagnant. Je me sens grand. Fort. Puissant, presque. Quand je suis le champion, tout le monde me trouve bon. Quand je rapporte une bonne note, mes parents s'occupent de moi et me félicitent. Autrement, ils ne pensent qu'à leur travail. Alors pour y arriver, je suis devenu un tricheur professionnel. Ou presque.

Au soccer, je suis un vrai pro. Pas besoin de tricher. Mais pour mes parents, on dirait que ça ne compte pas. Ce n'est pas assez bien (comme les jeux vidéo !). Je suis fort et j'ai un excellent coup de pied (et même de tête, parfois !). De toute façon, au soccer, je ne peux pas ensorceler le ballon, ni mettre des trucs dans ma manche pour être le meilleur. Mais en classe, oui. Et c'est presque trop facile. Et comme cela, je reste le champion… partout.

Mon prochain but (pas de soccer !) est d'avoir la plus haute note (pourquoi pas 100 %, ou tout près) pour l'examen de géographie. Caroline, mon enseignante, a dit qu'elle aurait toute une surprise pour celui ou celle qui obtiendrait le meilleur résultat. J'ai décidé que ce serait moi. Pas Jacob. Moi ! Et je vais y arriver, parole d'Antonin.

Jacob : Ce matin, c'est l'examen de géographie et après, le cours de gym. J'ai tellement étudié hier que j'ai les mains en compote. J'ai transcrit des dizaines de fois le nom de toutes les capitales provinciales du Canada. J'ai appris par cœur les principales exportations et importations de chaque province en inventant une chanson sans queue ni tête. Je l'ai chantonnée tout bas en déjeunant tantôt pour ne pas avoir de trou de mémoire durant l'examen. J'ai lu, relu et re-relu tous les chapitres importants de mon livre. J'ai visualisé des dizaines de cartes. Je les ai scrutées, analysées et presque « photocopiées » dans ma tête. Je connais les lacs, les rivières, les métropoles et les régions. Je sais tout. Je suis prêt.

Antonin : J'ai tout écrit. Directement sur mes avant-bras. Sur mes chevilles. Dans la manche de ma veste en jean. Hier soir, j'ai écrit à l'encre jaune les noms des capitales sur de minuscules bouts de papier que j'ai roulés et que j'ai enfilés dans mon stylo transparent. Même les beaux yeux bleus perçants de madame Caroline n'y verront rien. Moi, j'ai des yeux de lynx, ce sera facile. Ils sont un instrument de précision. J'ai aussi reproduit quelques cartes géographiques dans le fond de mon étui à crayons. Génial, non ?

Je me suis levé tôt ce matin pour réaliser mes tatouages de notes. Je ne pouvais pas le faire hier soir. Durant la nuit, en bougeant dans mon lit et avec la friction de mon pyjama et de mes draps, j'aurais pu tout effacer sans m'en rendre compte. En fait, ça m'est déjà arrivé une fois pour le cours d'écologie, et j'avais eu un résultat désastreux. Je ne pouvais rien lire dans ces barbouillages. Je me suis promis de ne plus jamais me faire prendre ! Je deviens le pro de la triche !

Au petit matin, je me suis donc faufilé dans la salle de bain avec un stylo, mon cartable, mes vêtements (à manches longues, bien sûr, c'est un autre truc de l'infaillible pro de la triche !) et une serviette. J'ai ouvert les robinets, mais je suis resté assis sur la toilette à me tatouer mes notes. J'ai fait semblant (c'est une autre qualité des filous !) de prendre une douche, alors que je me préparais à ma grande triche.

Il était tellement tôt que ma mère est venue cogner discrètement à la porte. J'ai failli faire un barbeau sur mon avant-bras.

— Oui, oui ! Tout va bien. J'ai un gros examen ce matin et je veux étudier avant de partir.

Je pense que ma réponse lui a plu. Elle est repartie. Pour être un bon tricheur, il faut savoir réagir rapidement. Je suis bon, n'est-ce pas ?

J'ai imbibé ma serviette d'eau pour faire plus vrai – il ne faut pas que je laisse des indices douteux derrière moi ! J'ai mouillé mes cheveux et me suis réellement lavé le visage avant de repartir dans mon laboratoire de mensonges, euh, je veux dire ma chambre ! J'ai terminé les derniers préparatifs et j'ai dévalé l'escalier. J'ai tout juste eu le temps de jeter un regard dans le miroir en enfilant mes « runnings » pour m'apercevoir que j'avais une grande marque de stylo sur la joue gauche.

« Attention, Antonin ! Pas d'indices ! » me suis-je sermonné mentalement. Tout en me jurant de TOUJOURS vérifier si de l'encre peut me trahir dans mes prochaines missions, j'ai rapidement nettoyé le tout avec un peu de salive et mon pouce. Ce n'était pas le moment de tout faire rater pour une marque de crayon.

J'ai filé à l'école en attrapant une pomme et un muffin. « Je vais étudier à la bibliothèque ! Bonne journée ! » Je n'ai même pas laissé le temps à mes parents de me poser des questions (c'est plus sûr ainsi, pas de risque de me vendre !) et j'ai foncé vers la porte, le cœur battant (être un tricheur averti n'est pas de tout repos). À moi les résultats époustouflants !

CHAPITRE 2
SURVEILLER SON RIVAL

Il jouait avec les manches de son grand chandail, remontait ses bas et passait constamment sa main dans son col de chemise. C'est en tirant sur ses manches qu'il est entré dans la classe tout en me jetant un regard noir.

Jacob : Il m'énerve, Antonin. Déjà qu'il est le champion dans presque tous les sports, on dirait qu'il a décidé de me voler la vedette jusque dans les résultats scolaires. L'an passé, il était assez poche, et même pourri. Ses résultats étaient plutôt invisibles. Il avait presque atteint le fond et il grattait encore. Mais cette année, il est devenu mon rival. Mon adversaire dans la course aux bons résultats. Moi, je suis nul dans les cours d'éducation physique et même si je me force, je ne cours pas vite, je ne sais pas quoi faire avec un ballon à mes pieds et je suis toujours perdu dans les positions sur le terrain. Un gros zéro. Antonin, il semble tout réussir tout à coup. J'aimerais connaître la potion pour devenir un champion dans les sports. Ainsi, il y aurait peut-être quelqu'un d'autre que Laurie-le-pot-de-colle qui me trouverait de son goût ! Anne-Sophie, peut-être même !

Ce matin, dans la cour, juste avant de rentrer en classe, Antonin faisait le fanfaron. Il parlait et riait fort. Il faisait le clown devant les escaliers. Pourtant, toute notre classe était plutôt calme. Chacun était stressé par cet examen si important. Lui, non. Et il clamait qu'il serait le roi de la géo.

Toutefois, lorsque j'ai croisé son regard au bout de la rangée de casiers, je l'ai trouvé étrange. J'ai cru y discerner un mélange d'effronterie et de doute. Le comportement d'Antonin trahissait aussi une certaine nervosité, à moins qu'il ait subitement eu une crise d'urticaire… Il jouait avec les manches de son grand chandail, remontait ses bas et passait constamment sa main dans son col de chemise. C'est en tirant sur ses manches qu'il est entré dans la classe tout en me jetant un regard noir.

Antonin : Mais qu'est-ce qu'il me veut, Jacob-les-lunettes ? Pourquoi est-ce qu'il me regarde ?

Jacob : L'examen est presque terminé. J'ai mal à la main. J'ai mal à la tête. J'ai écrit tout ce que j'avais peur d'oublier (le nom de toutes les capitales du pays et le nom des cinq Grands Lacs) sur le haut de ma page. J'ai encore le temps de réviser, mais l'heure a vraiment filé plus rapidement qu'à l'habitude. Peut-être parce que j'ai souvent levé la tête pour regarder les simagrées d'Antonin. En fait, je n'avais pas le choix. Il est assis juste devant moi. Difficile de ne pas le voir ou l'entendre. Il se tortillait sur sa chaise. Lève une jambe, baisse une jambe. Rattache son soulier. Échappe son crayon. Recule et avance et recule encore sa chaise. Pas facile de se concentrer…

Antonin : Même si tout était tatoué sur moi, et même si mon crayon et mon étui étaient devenus mes meilleurs amis, j'ai eu à peine le temps de finir mon examen avant la cloche de la récré. En plus, Jacob a soupiré au moins deux mille fois derrière moi. Quel fatigant professionnel !

La prochaine fois, il faut que je sépare mieux les informations : les régions et les populations sur les bras, les ressources naturelles sur les chevilles, les cartes dans l'étui et les capitales sur le stylo. Il va falloir du classement ! (C'est noté, champion !)

Reste que je suis plutôt fier. J'ai répondu à tout et ça sent la victoire éclatante !

Jacob : Caroline a dit qu'exceptionnellement elle aurait les résultats après le cours de gym. J'ai encore plus hâte que cette heure intensive de sport soit finie. Maudit gymnase !

Antonin : Vite ! Il faut que j'aille prendre une douche avant que les autres arrivent dans le vestiaire. Je ne peux pas me montrer en t-shirt avec des écritures sur les bras, quand même. Je me sauve...

Jacob : Quand Guillaume lui a demandé pourquoi il prenait une douche avant de jouer au soccer, Antonin a d'abord rougi un peu, a baissé la tête (et les yeux) et a lancé bien fort (encore, comme pour être sûr que tout le monde entendait son explication) qu'avant un match de soccer, pour être à son top, il aime prendre une douche bien froide pour réveiller ses muscles.

Étrange. Lorsque je suis arrivé au vestiaire, il y avait de la buée dans le miroir près de la douche d'Antonin. Je n'ai rien dit. Déjà qu'il m'a pris en grippe ce matin… Mais ça m'est resté dans la caboche.

Antonin : Rien ne m'arrête. Je me sens transporté. J'ai le vent dans les voiles. Tout va bien. J'ai couru les trois tours du gymnase en une minute et trente-huit secondes. Trop génial ! Durant la partie de soccer, j'ai compté six des huit buts de mon équipe. Je jouais contre Jacob et je me suis fait un plaisir de l'attaquer et de lui enlever le ballon (c'est tellement facile en plus !). Il a même dû replacer ses lunettes une ou deux fois. Ha ! Ha! Ha ! Tant pis ! Je me suis vengé pour... pour... Je ne sais pas trop, mais on dirait qu'il sait quelque chose que je ne veux pas qu'il sache. Compliqué ? Pourtant, mon plan a fonctionné à merveille. Sous la douche, j'ai fait partir tous mes tatouages (toujours prendre des stylos ou des marqueurs qui s'effacent bien sous l'eau ; je le note pour le livre que je publierai un jour et qui s'intitulera *Les meilleures façons de tricher — Les trucs d'Antonin Miron*).

Jacob : Il m'énerve, je l'ai déjà dit ? Monsieur Antonin a décidé de m'attaquer au soccer pour se venger. Jamais je ne réussirai à le mettre en boîte dans les sports. Il ne me reste qu'à le planter dans la classe, mais c'est de plus en plus difficile. Si je pouvais au moins remporter l'épreuve de géo. Grand fendant ! Il se pavane devant toute la classe. Toutes les filles le trouvent fort, beau et intelligent. Rosalie ne daigne même pas me regarder quand Antonin est dans les parages. C'est sûr que je vais être seul pour la danse de l'Halloween. Je pourrais me déguiser en courant d'air.

Antonin : En entrant dans la classe, sans le vouloir (mon œil !), j'ai (presque) écrasé Jacob dans le cadrage de la porte (« oh, excuse-moi, Minus ! »). Ça va lui enlever le goût de trop m'observer et de me traquer.

CHAPITRE 3
SAISISSANTS RÉSULTATS

Je ne dois rien laisser paraître. Je ne dois pas blêmir. Je ne dois pas avoir de sueur sur le front. Je ne dois pas avoir l'air déçu. Je ne dois pas laisser paraître ma panique.

Jacob : Enfin de retour en classe. C'est la seule place où Antonin est devant moi. Je peux l'avoir à l'œil.

Antonin : Yééééééééééé ! 97 % !

Jacob: Yééééééééééé! 97 %!

Antonin: Ah non!

Jacob: Zut!!!!!! On a la même note. Comment on va faire pour se partager le prix?

Antonin: Hein? Quoi? Pas d'ordi comme prix? Ou de vélo à tout le moins?

Jacob: Ma vie est finie: participer à un concours régional inter-écoles avec Antonin. Méchante belle équipe!

Antonin: Je ne dois rien laisser paraître. Je ne dois pas blêmir. Je ne dois pas avoir de sueur sur le front. Je ne dois pas avoir l'air déçu. Je ne dois pas laisser paraître ma panique.

Caroline nous a remis le chandail officiel de la compétition (nooooooooooon, il est à manches courtes !) et nous a aussi expliqué que l'on sera sur une estrade devant tous les supporteurs de toutes les écoles (j'ai chaud tout à coup !), debout avec un bouton déclencheur pour répondre au grand jeu-questionnaire interécoles (j'ai de la difficulté à respirer !). Je vais avoir l'air d'une tarte ! Vite, vite, je ne vois pas de moyens de tricher. Je vais perdre la face. Et en plus, à côté de Jacob !

Au secours..., j'ai des frissons. Je me sens tout mou... Je tourne la tête vers Jacob. Il rayonne, l'épais. Je me force (j'ai des talents de comédien !) d'avoir l'air fier et heureux. En dedans, je tremblote.

Jacob : À demi content. À demi épouvanté. J'aime les jeux-questionnaires. Je n'aime pas Antonin. Je n'ai pas le choix de jumeler les deux. En plus, Caroline nous laisse à nous deux le reste de la période dans le local d'à côté pour commencer à préparer l'épreuve qui aura lieu dans sept jours.

CHAPITRE 4
LA VÉRITÉ SUR LE MENSONGE

Jamais eu l'air aussi fou de ma vie. Déjà, de discuter avec Jacob Boucher, ça ne m'était jamais arrivé. Mais lui raconter en plus ce que j'essaie de cacher depuis toujours... Ouf !

— Caroline, on va aller boire de l'eau et on revient dans le local d'arts ensuite, lance Antonin.

— D'accord ! répond Caroline.

Jacob : J'ai pas le goût d'être avec lui.

Antonin : « Bonne idée ! » Je n'ai pas envie de parler. J'ai comme un boulet dans la gorge. Je me sens pris au piège comme une souris affamée devant une trappe ornée d'un appétissant morceau de fromage.

Les deux garçons se promènent, silencieux, à travers l'école. Ils ne se disent pas un seul mot. À la fontaine, Jacob prend de l'eau avant Antonin. Quand ce dernier se penche à son tour, il ne remarque pas que Jacob l'examine.

— Qu'est-ce que tu as sous le bras, Antonin ?

— Rien ! Du poil, tu ne connais pas cela, hein ! le cerveau ?

— Arrête donc de me prendre pour un triple idiot ! Tu as une grande coulisse bleue. On dirait qu'il est écrit quelque chose !

— Laisse faire ! T'es malade ! C'est rien !

— Hé ! C'est écrit « Alberta = Calgary ». Hé, le smatte ! T'as TRICHÉ !

— Chut ! Tais-toi ! Quelqu'un va nous entendre !

— Tu triches ! Tu triches depuis des mois, poursuit Jacob, hors de lui. Ça veut dire que...

— Ça veut rien dire du tout, tu sauras, Jacob Boucher !

— Oui, ça veut dire que t'es un tricheur ! Un menteur !

— Chut, je te dis ! Tu vas te la fermer, lance Antonin en agrippant le bras de Jacob et en le tordant avec rage.

— Tout va bien ici ? demande quelqu'un qui semble se laver les mains dans les toilettes des garçons.

— Oui, oui ! On retourne à notre classe, marmonne Antonin.

— Ah ! Les deux champions de géo ! Félicitations, dit Alexandre, le prof d'éducation physique, en s'essuyant les mains sur son jean avant de repartir vers le gymnase.

Antonin et Jacob marchent vers leur classe. Chacun a les sourcils froncés. Ils sont rouges tous les deux.

L'un de rage. L'autre de honte.

En refermant la porte du local d'arts où ils doivent supposément discuter du concours de géo, ils reprennent leur chicane.

— Je vais le dire, fanfaronne Jacob.

— Toi, tu vas te taire. M'as-tu bien compris ?

— T'es juste un lâche dans le fond, Antonin Miron. Tu fais croire à tout le monde que t'es le meilleur, c'est même pas vrai. Tu es mi-na-ble !

— Tais-toi ! TAIS-TOI ! crache Antonin entre ses dents en saisissant Jacob par le collet de sa chemise. La ferme !

Antonin lève le poing. Jacob ferme les yeux. Un silence pesant s'installe. Quand les yeux en furie d'Antonin croisent le regard apeuré de Jacob, Antonin lâche sa prise.

— Ne le dis pas, s.t.p. Ne le dis pas, répète Antonin, la voix tremblotante. Je ne peux pas perdre la face. Pas devant toute l'école. Pas devant mes parents. Tu ne peux pas comprendre, toi. Tu es bon naturellement à l'école. C'est facile. Moi, si je n'ai pas de bonnes notes, je ne suis rien pour mes parents.

Jacob : Mais qu'est-ce qu'il dit là ?

— Ben voyons, Antonin ! Arrête de me niaiser ! Tu capotes ! Toi, tu as tout ! T'es bon dans le sport, tu fais rire tout le monde, tu as plein d'amis et au moins douze demandes pour la danse de samedi prochain. Pis tu penses que je vais croire que tu m'envies, moi ? T'es malade !

— Je te le dis, Jacob. Je ne l'ai jamais avoué avant.

— Tout le monde s'en fout des notes à l'école, à part les parents. Pis encore ! Les miens me trouvent engourdi, mou, et j'en passe. Ils pensent que je lis trop et que je ne bouge pas assez. T'as pas rapport ! Tu veux juste tout avoir !

— Arrête ! ARRÊTE ! OK ! Pour les amis et les filles, c'est facile ! Mais penses-tu qu'à la maison, c'est correct pour mes parents que je leur raconte que j'ai marqué cinq buts au soccer ? Ils s'en foutent. Ils ne veulent même pas que je fasse partie de l'équipe interécoles. Ils ne s'intéressent qu'à mon bulletin et à mes notes.

— Et c'est pour cela que tu triches ? T'as pas eu envie d'étudier comme le monde normal ? Comme font les autres ? Toi, tu te penses différent, c'est cela ? rugit Jacob, vraiment fâché.

Antonin : Jamais eu l'air aussi fou de ma vie. Déjà, de discuter avec Jacob Boucher, ça ne m'était jamais arrivé. Mais lui raconter en plus ce que j'essaie de cacher depuis toujours... Ouf !

Jacob : Je n'ai jamais pensé pouvoir dire cela un jour dans la face à Antonin Miron.

— OK là ! Arrête de faire mon procès. Je sais que ce n'est pas l'idée du siècle, mais c'était… c'était…

— Facile ?

— Ouin, si tu veux.

CHAPITRE 5

UN PACTE SECRET

Ça a bien l'air que je suis pris pour travailler avec toi à moins que tu ailles te dénoncer ou que je le fasse moi-même ?

Pas un mot. Pas un son. Les deux garçons ruminent.

Antonin : J'ai l'air d'un arbre à l'automne. Un grand arbre qui fait le frais, le fin et le fendant durant l'été avec ses belles feuilles. Une fois le froid arrivé, je me retrouve exactement comme les autres. Mes mensonges et mes astuces de triche, c'étaient en fait mes feuilles. Là, tout nu, j'ai l'air vraiment moins intéressant. Je ne suis pas très fier de moi.

Jacob : Tricher ! Ça me pue au nez. Mais j'avoue que j'y ai déjà pensé. Durant l'étape où on est allés à la piscine pour le cours d'éducation physique, je m'arrangeais aussi pour passer le dernier. Pas difficile pour cela, on m'oublie facilement. Ensuite, j'entrais dans l'eau pendant que l'entraîneur ne regardait pas. Je prenais la bonne position quand on me regardait, mais j'entrais toujours les pieds avant les mains dans l'eau. Au lieu de plonger, je sautais et je faisais éclabousser de l'eau. Mais ce n'est pas pareil, il me semble. Ce n'est pas vraiment tricher, non ?

La porte s'ouvre.

— Et puis, ça va, les gars ? Vous

avez regardé les documents que je ... Ah ben non ! Vous n'avez pas ouvert l'enveloppe ? De quoi parlez-vous ?

— C'est qu'Antonin a quelque chose à te dire, Caroline, je pense.

Antonin : Pense vite, le grand !

Jacob : Bien fait pour toi !

— Euh... je voulais te dire que j'aimerais mieux laisser ma place à Jacob. Oui, c'est cela.

— Non ! Non ! Les gars ! Vous n'avez pas compris ! C'est un concours en équipe de deux. Personne ne se défile ! Allez ! Arrêtez de placoter et regardez ce que je vous laisse. Vous verrez les sujets abordés, comment va se dérouler la compétition, et tout le reste. On s'en reparle à la fin du cours !

— OK !

Antonin : Zut !

Jacob : Zut !

— Ça a bien l'air que je suis pris pour travailler avec toi. À moins que tu ailles te dénoncer ou que je le fasse moi-même ?

— Non ! Fais pas ça ! Je suis prêt à faire n'importe quoi…

— Ah ouin ? N'importe quoi ?

— Ben presque…

Antonin : Bravo ! Je suis vraiment dans la schnout !

Jacob : Pense vite, Jacob ! Tu as le gros bout du bâton ! T'es en avantage numérique !

— OK ! J'ai un marché à te proposer. Je ne parlerai pas. Jamais. Si… si tu me montres comment devenir meilleur dans les sports. Je veux que tu deviennes mon « entraîneur personnel ». Je veux que tu m'expliques tout du hockey et du soccer. Cet été, je veux faire du tennis.

— Ouin...

— Ce n'est pas fini ! Et toi, en plus, il faut que tu me JURES d'étudier pour vrai pour le concours parce que je ne veux pas avoir l'air d'un fou devant les trois écoles en compétition. Pas question de tricher ! Pas de gribouillages sur les bras. Tu fais ta part pour ce concours-là. Au moindre truc poche que tu fais, je révèle tout. Et je dis que tu m'as obligé à me taire en me menaçant.

— C'est plutôt toi qui me menaces, là ?

— Tu peux dire non ! Pas de problème !

— Non ! Ce n'est pas ce que j'ai dit. Arrête ! J'accepte, là. J'ai pas le choix !

— J'ai pas fini !

Jacob : Autant en profiter...

— Tu ne vas pas à la danse avec Anne-Sophie et tu trouves le moyen pour la convaincre de venir avec moi. Et...

— Coudon ! C'est bientôt fini ?

— Je peux arrêter et aller tout raconter à Caroline.

— OK, OK ! Continue !

Antonin : Je ne suis pas en position de rouspéter trop fort.

— Ben là, je ne sais plus !

Jacob : C'est vrai ! Je suis toujours bien pas pour lui demander de m'apporter mon lunch, de laver mon casier ou de me trouver une blonde à ma place.

CHAPITRE 6
LA VEILLE DU CONCOURS

Je ne dors presque plus. Je suis épuisé. À bout de nerfs. Ce n'est pas la même excitation que la dernière fois, mais il faut me rendre à l'évidence, je ne pourrai plus jamais copier.

Jacob : Je n'ai jamais autant sué ! Antonin semble se venger chaque fois qu'on arrive sur le terrain de soccer ou dans le gymnase. J'ai le cœur qui veut exploser. Je sue à grosses gouttes. Je pue aussi. Et j'ai mal partout. J'ai découvert des muscles dont je ne soupçonnais pas l'existence. Ça bouge derrière mon mollet même quand je suis assis en classe. Je me couche complètement épuisé depuis des jours. En fait, je m'écrase dans mon lit et tous mes os craquent.

En revanche, je fais suer le cerveau d'Antonin. Et savoir qu'il m'en doit une est assez plaisant. J'y gagne, et lui aussi. Pour une fois que je me sens plus « puissant » que lui ! C'est agréable comme sensation. En fait, je me sens… à deux. En équipe. Épaulé. Je fais même partie de sa « gang ». Le midi, je mange avec Antonin et ses (nombreux) amis. Je n'avais jamais vécu cela avant. Le premier dîner, les autres gars lui ont demandé pourquoi je dînais avec eux. C'est vrai, je ne l'avais même pas exigé dans mon marché. Antonin leur a dit qu'on était une équipe et qu'une équipe, ça se tient. Point. On dirait qu'Antonin y prend goût. En tout cas, on verra bien. Le concours est demain. Je me demande ce qui va se passer après…

Antonin : Je n'ai jamais autant étudié dans mes six années de primaire que dans les sept derniers jours. Jacob ne me lâche pas d'une semelle. Il a décidé qu'on gagnerait le concours. J'ai dû examiner presque à la loupe toutes les cartes du pays et de la province. J'ai chanté sur l'air d'*Alouette, gentille alouette* toutes les capitales pour m'en souvenir. J'ai récité des dizaines de fois le nom des lacs, rivières, régions, etc. J'ai dessiné à main levée certains coins de pays. Je rêve à des cartes géographiques. Je ne dors presque plus. Je suis épuisé. À bout de nerfs. Ce n'est pas la même excitation que la dernière fois, mais il faut me rendre à l'évidence, je ne pourrai plus jamais copier.

Il est fou furieux côté études, Jacob. Mais au moins, je peux prendre ma revanche quand on s'entraîne. Parce qu'il est assez pourri, merci. Mais ce n'est pas complètement perdu. Il fait des efforts et ça marche. Même qu'au soccer, il court vraiment vite. Et il est habile pour contrer les adversaires. Il sera un bon défenseur. Peut-être même un excellent défenseur... Qui sait ? Mais pour cela, il faudrait qu'il continue à s'entraîner après notre marché. On verra bien. Le concours est demain matin.

Tantôt, pour la première fois, quand j'ai dit à maman que j'étudiais, c'était vrai. Pas de barbouillage sur mes bras. J'ai même laissé la porte de ma chambre grande ouverte. Je n'avais plus peur de me faire prendre en flagrant délit.

CHAPITRE 7
LES PLUS LONGUES MINUTES D'UNE VIE

Le néant ! Le trou total dans ma tête ! Le noir devant mes yeux. Je suis fini.

Dix minutes avant le début du concours

Jacob : Et si Antonin me niaise ? Et s'il fait semblant depuis le début ? Et s'il ne se souvenait plus de rien ? Et s'il trichait encore ? Je n'ai pas pensé à lui demander de vider ses espadrilles ou de dérouler ses bas ! Aurais-je dû ?

Antonin : Et si je ne me souvenais vraiment de rien ? Le néant ! Le trou total dans ma tête ! Le noir devant mes yeux. Je suis fini. Jacob croirait que je l'ai trahi et il ira tout raconter. Mais qu'est-ce qui fait ce bruit ? Tackalak tackalak tackalak ! Mon cœur qui bat trop fort ou mes genoux qui s'entrechoquent ?

Jacob : Non ! Il ne peut pas me faire cela. Je lui ai dit que j'irais tout raconter de ses tricheries sinon. C'était clair.

Antonin : Ah ! Ce sont mes genoux qui se prennent pour des castagnettes. Misère ! Ça promet. On est debout sur des estrades dans le gymnase. Et il y a à peu près deux cent mille chaises (bon ! divisons par mille… donc deux cents !) devant nous. On doit faire des tests de son et j'ai peur de ne pas arriver à dire un mot comme il faut.

Jacob : Est-ce que je serais capable d'être un « stool » et d'aller raconter qu'Antonin a triché ? Qui me croirait ?

Antonin : Je suis un faux pro ! J'ai le trac. Quand on m'a demandé de dire mon nom, j'ai balbutié « Aaa-a—aaan- tonin » en éternuant presque les deux dernières syllabes.

Jacob : Ça va aller ! Il faut que je me répète cela. Et comme disait Antonin dans nos entraînements de soccer : « Il faut foncer sans trop regarder autour, autrement on a peur de ne pas y arriver. » Alors, je fonce.

Antonin : Il faut que ça aille bien ! Il le faut ! Les parents des six participants sont dans la salle. Les miens n'auraient pas manqué cela pour tout l'or du monde. Pourtant, je ne les vois jamais à mes matchs de soccer. Les gens entrent. On commence dans deux minutes.

CHAPITRE 8
PLUS QUE DE SIMPLES PRIX

On a gagné, mais je suis un peu déçu que ce soit déjà fini.

Après la remise des prix

Jacob : Je le savais…

Antonin : Je n'y aurais jamais cru…

Jacob : C'était si difficile…

Antonin : Ma tête va exploser. Au moins, j'ai été capable de parler. C'est déjà un début.

Jacob : Antonin est surprenant. Ce que j'avais oublié, il le savait. En fait, je pense qu'il se souvenait de tout.

Antonin : On a gagné. G-A-G-N-É. Jacob était impressionnant. Je n'ai répondu qu'à quelques questions faciles. J'avais peur de me tromper. On dirait que mes yeux fixaient toujours mes parents. Je les ai quand même vus sourire.

Jacob : On a gagné, mais je suis un peu déçu que ce soit déjà fini. J'ai pris goût à notre amitié scellée par ce pacte. Et si…

— Jacob, viens ! Toute la gang nous attend pour fêter dans la cafétéria ! Sors de la lune ! crie Antonin.

Le soir, beaucoup plus tard

Antonin : On a gagné ! Quand je suis revenu à la maison, mes parents n'étaient pas descendus de leur nuage. Ils étaient tellement fiers. J'ai même pu leur raconter en détail tous les grands moments du concours : quand j'ai répondu que c'était à Jericho au Nunavut qu'on a récemment ouvert une mine de diamants ou quand j'ai dit que le mot « cordillères » se rapporte à une chaîne de montagnes et qu'« eskers » était un type de glacier responsable de l'érosion. Ensuite, ils m'ont dit qu'Alexandre était venu leur parler. Il veut que je sois dans l'équipe de soccer interécoles. Il leur a même parlé d'un programme sport-études. Trop génial. Bon, j'ai un peu peur pour le côté études, mais j'ai réalisé que j'étais capable. Je devrais pouvoir continuer. Et Jacob est là. Dans ces écoles-là, les équipes sportives sont les meilleures. Et le plus beau, c'est que mes parents ont dit que ce serait une bonne idée de jumeler mes deux plus grandes forces. Ils ont dit « oui ». O-U-I. Merveilleux. Je pense que je rêve.

Jacob : Il y a longtemps que je ne me suis pas couché aussi heureux. D'abord, on a gagné. Puis, Antonin lui-même m'a demandé de le suivre pour le dîner et la fête. Ensuite, durant le cours de gym, on a fait les équipes pour la saison de soccer intérieur. Antonin (le chef d'une des deux équipes, bien sûr !) m'a choisi avant même Élie, le champion marqueur ! Et pour finir la journée — je ne sais pas si Antonin y est pour quelque chose —, Anne-Sophie s'est retournée dans l'autobus, m'a fait un sourire et m'a même salué de la main quand elle est descendue. Chut ! Je pense que je rêve !

GLOSSAIRE

Balbutier : Parler en hésitant, bredouiller.

Blêmir : Avoir le visage qui devient blanc et pâle.

Dénoncer : Dire qui est le coupable.

Effronterie : Attitude d'une personne qui n'est pas gênée et qui défie les autres.

Érosion : Action qui use une chose par frottement.

Froncer : Plisser en contractant une partie du corps, par exemple, les sourcils.

Imbiber : Remplir d'un liquide.

Jumeler : Associer deux choses ou deux personnes.

Néant : Ce qui n'existe pas, le vide.

Pavaner : Marcher ou parader en prenant des grands airs.

Revanche (prendre sa) : Rendre la pareille à quelqu'un ou reprendre l'avantage dans un jeu.

Rival : Opposé ou adversaire.

Scruter : Examiner attentivement.

Sermonner : Donner des conseils et faire des remontrances à quelqu'un.

Simagrées : Mines ou singeries faites pour tromper.

Traquer : Poursuivre sans relâche.

Triche : Tromperie.

TESTE TES CONNAISSANCES !

Réponds aux questions et amuse-toi bien !

Tu auras besoin de tes crayons de couleur, de feuilles blanches, de deux feuilles lignées et d'un crayon à mine.

PAREILS... OU PAS ?

Trouve d'autres noms pour désigner un « tricheur ».

F_ L _ _

_ _N_ _ U _

F_ _ _ _ E _ R

_ S _ _ O _

A _ G _ E _ _ N

À DEUX... ON FAIT LA PAIRE !

Associe le mot à sa définition.

a. Duo
b. Duel
c. Complice
d. Affronter
e. Vis-à-vis
f. Acolyte
g. Bras droit
h. Collaborateur
i. Comparse
j. Tandem

1. Quelqu'un qui participe au crime ou au délit d'une autre personne.

2. Personne qui travaille à une cause commune avec une autre.

3. Équipe faite de deux membres.

4. Camarade qu'une personne entraîne dans ses mauvais coups.

5. Position de deux personnes qui se font face.

6. Individu qui joue un rôle secondaire dans une histoire.

7. S'opposer bravement ou aller avec courage au-devant d'un adversaire.

8. Personne à laquelle une autre confie des tâches importantes.

9. Deux personnes si attachées l'une à l'autre qu'elles forment presque un tout.

10. Combat entre deux personnes.

LES EXPRESSIONS

Trouve des expressions mentionnant des parties du corps et faisant référence à deux personnes.

Exemple : tête à tête.

Solutionnaire

PAREILS... OU PAS ?

Filou
Menteur
Fraudeur
Escroc
Aigrefin

À DEUX... ON FAIT LA PAIRE !

a3
b10
c1
d7
e5
f4
g8
h2
i6
j9

LES EXPRESSIONS

Nez à nez
Entre quatre yeux
Les deux doigts de la main
Face à face
Deux têtes valent mieux qu'une
Bras droit, etc.

La production du titre ***Chut! j'ai triché!*** sur du papier Rolland Enviro 100 Édition plutôt que du papier vierge réduit votre empreinte écologique de :

Arbre(s) : 4
Déchets solides : 110 kg
Eau : 10 383 L
Matières en suspension dans l'eau : 0,7 kg
Émissions atmosphériques : 241 kg
Gaz naturel : 16 m3

Imprimé sur Rolland Enviro 100, contenant 100% de fibres recyclées postconsommation, certifié Éco-Logo, Procédé sans chlore, FSC Recyclé et fabriqué à partir d'énergie biogaz.

Titres de la collection Biblio•BOOM

ISBN 978-2-89595-232-9

ISBN 978-2-89595-233-6

ISBN 978-2-89595-282-4

ISBN 978-2-89595-283-1

ISBN 978-2-89595-318-0

ISBN 978-2-89595-319-7

ISBN 978-2-89595-373-9

ISBN 978-2-89595-374-6